AF265684

NI PRINCE NI ROUGE

L'ESSAI LOYAL

PAR

Le Gᵃˡ Jⁱⁿ ANDRÉ.

« Vous allez rentrer dans vos familles, où l'obéissance aux lois militaires, dont, pour le bien du Pays, vous venez de faire l'apprentissage, vous rendra facile celle des lois civiles. N'oubliez jamais que si la République fait le tour du monde, la civilisation en sera redevable à la garde mobile. »

Adieux de la garde-mobile en Corse.

Deuxième Édition.

CHEZ TOUS LES LIBRAIRES

Notamment chez DENTU, Palais-Royal, Paris
Et chez BAUDOUY, à Lodève.

1872

Montpellier. — Typogr. BOEHM et FILS.

NI PRINCE NI ROUGE

L'ESSAI LOYAL[*]

Messieurs les membres de l'Assemblée nationale.

MESSIEURS,

Parmi les nombreuses opinions qui nous divisent, il y a : 1° ceux qui sont partisans de l'infaillibilité du chef des chrétiens tant que le vote collectif des familles ne le révoque pas (âgé à son élection, de plus de 30 ans pour qu'il puisse apprendre, et de moins de 50 pour qu'il puisse agir); son pouvoir, prenant ses racines dans le peuple, pourra seul rassurer les bons et faire trembler les méchants. Je serais de ce parti, si les partis ne faisaient pas de la politique une prostituée; je conviens pourtant que nos actions baissent, attendu que le scrutin secret vient d'être adopté en Angleterre (son aristocratie[2], qui nous a vaincus en 1815 à l'aide de *l'incometax*, ne tardera pas à s'en repentir); le vote collectif de la

* Voir pour les notes, pag. 8 et suivantes.

famille, ne pouvant être que public et permanent, le père signant pour chacun à la Commune une longue liste de mérite de citoyens, pour lui, sa femme, ses enfants, ses gendres et leurs enfants : alors seulement, le vote sera véritablement universel [3] ;

2° Ceux qui sont pour la monarchie pure, « l'État c'est moi», disait Louis XIV, ce parti fait de la religion un instrument de règne, quand sa mission est de nous rendre bons et d'être ainsi les parties les plus essentielles de Dieu, suivant l'expression de saint Paul; la démocratie ne tenant compte que de la force morale, pourra difficilement s'entendre avec eux ; 3° ceux qui veulent la monarchie constitutionnelle-traditionnelle ; 4° ceux qui veulent le self-gouvernement avec le comte de Paris ; 5° ceux qui veulent la République avec d'Aumale : ces trois partis poursuivent une chimère en France, où fort heureusement il n'y a plus d'aristocratie); 6° les Gambettistes, on les a vus à l'œuvre ; 7° les Jacobins; 8° les Ultra-Jacobins : Dieu en préserve nos plus cruels ennemis ! 9° les Mutualistes, songes-creux; 10° les Socialistes, utopie ; 11° les Internationaux, ils ont brûlé le palais du peuple ; 12° les Communistes, horreur ! Donnez à l'homme un rocher, il en fera un jardin ; que ce jardin devienne commun, il deviendra rocher; 13° ceux qui veulent l'empire autoritaire; 14° ceux qui veulent l'empire libéral; 15° ceux qui veulent la régence autoritaire ; 16° ceux qui veulent la régence libérale....,..............

Tous ces partis, qui presque tous descendent *volontiers* dans la rue, n'étaient pas si divisés, et par conséquent plus forts lorsqu'ils se ruèrent sur la garde-mobile. Malgré la perte de Damesme son chef, elle les mit à la raison, ce que l'élite de volontaires militarisés ferait avec plus de facilité aujourd'hui, si on les reconstituait; il y va, comme à cette époque, du salut de la République et de tous (*to be, or not to be*). Lorsqu'on veut, comme d'honnêtes gens, faire l'essai loyal et suivre la droite ligne au milieu d'un monde d'intrigues, on est bien vite arrêté si l'on n'a de son côté la seule force qui peut briser l'obstacle.

On ne remplit pas les vides que la mort fit dans les rangs de la garde-mobile, et Napoléon, au moment où les esprits s'apaisaient, fit son coup d'État. Il dut regretter à Sédan *ces 30 bataillons de volontaires* à l'égal des légions mexicaines.

Une des pertes les plus regrettables, après le coup d'État, c'est la mort en exil du général Bedeau, l'une des gloires de la France : son expérience de la guerre, sa prudence, nous ont fait défaut dans nos désastres. Son titre de général de la garde-mobile lui donnait une nuance républicaine qui eût permis d'en faire un vice-président, sans toutefois rompre le pacte de Bordeaux. Il était de mœurs si simples et si faciles, qu'il n'eût pas porté ombrage à M. Thiers, condition juste et indispensable à toute candidature sérieuse à cette importante fonction, qu'il est urgent de créer, car on ne bâtit que sur un terrain solide.

Les événements ont prouvé, à l'encontre des Rouher et autres, que la légende Napoléonienne n'était de granit qu'aux yeux des Bonapartistes ; que Napoléon eût mieux fait, pour le bien du pays, de la civilisation, de marcher sur les traces de Washington que sur celles de César ou d'Alexandre ; et que le terrain de la défense des lois, qui est celui de la garde-mobile, était le seul solide.

Messieurs, ceux qui avez des enfants qui ont servi en 1870 et 1871, dites-leur, ainsi qu'à leurs camarades, qu'on leur a donné pour se populariser le nom de ces pauvres gardes-mobiles exilés, brisés, parce qu'ils représentaient le principe républicain, qui seul a de l'avenir dans le monde, prenant sa base dans la fraternité chrétienne, sans tenir compte des décrets de l'Assemblée nationale qui les constituaient en quelque sorte les sauveurs de la patrie. Ce titre, ils le méritent mieux, eux, leurs enfants, porteurs de leur nom, dont ils ont maintenu l'honneur, leur unique héritage. Sans leur noble résistance (à laquelle ces 30 bataillons de volontaires auraient contribué avec tant de joie, aux avant-postes), nous n'aurions pu faire la paix, par laquelle la France est et sera toujours plus forte que par la guerre. Peut-être qu'au Bourget, rompant les lignes Prussiennes, ces volontaires auraient repris Soissons, qui commande Metz et Paris.

Défendez la garde-mobile, que l'on dit au peuple de haïr parce qu'elle l'a frappé, « qui aime bien, châtie

bien ». Tout le monde faisant œuvre de parti, la garde-mobile sera bientôt le seul terrain sur lequel les
honnêtes gens pourront se serrer pour défendre le
bon droit. Maintenant qu'ils sont aguerris, si, pendant que l'Europe est en armes, ils ne veulent pas
être supprimés comme la garde-mobile de 1848 (il
y va, comme à cette époque, du salut de la République), ni que l'on détruise l'œuvre du regrettable
Niel, qui les eût conduits à la victoire, qu'ils disent
avec leur million de voix à leurs représentants de
nommer l'un de leurs anciens à la vice-présidence;
ils sont martyrs de la République, de l'ordre et de
la liberté. La France veut ces trois choses.

Le *Siècle* disait en 1849 que c'était la République
et la Monarchie qui se trouvaient en présence; jamais
élection n'a été posée sur une base plus large : aussi
nulle candidature, quelque grand nom qu'elle pa-
tronne, n'affirme mieux l'autorité morale et maté-
rielle de la République[7]. Nul ne répare comme elle
l'une des plus grandes injustices des temps modernes. Si vous trouvez quelqu'un appartenant tout
entier à la République, représentant mieux la gran-
deur des respects que nous devons aux lois[5], nom-
mez-le : le pays se réjouira avec vous. Par de tels
choix vous refoulerez au fond des âmes les passions
royalistes et révolutionnaires qui y bouillonnent,
tous les désordres favorisant la cause d'un seul dic-
tateur ou roi. Nous cesserons de donner au monde
le triste spectacle de nos divisions, causes des mal-

heurs qui troublent la République (*elle n'est pas un parti*), divisions indignes de la grande Nation.

———

NOTES.

———

[1] Fait prisonnier par le prince, à Fontainebleau, pour avoir dit que la statue du général Damesme devait être le sceau indélébile de la souveraineté du peuple contre la coalition des Rois (voir le journal des *Débats,* non suspect de partialité), je n'étais sous les d'Orléans, par le fait de mes sympathies pour la République, que je croyais alors comme aujourd'hui seule assez forte dans les grandes crises pour maintenir l'ordre dans la rue, que maréchal des logis à la retraite de Constantine, quand mes camarades, dont j'étais l'un des chefs à l'école, y arrivaient capitaines d'artillerie.

De retour de Kars, après la guerre d'Orient, où j'avais fui le despotisme, j'avais eu le bonheur, blessé que j'étais, d'arrêter, avec 20 canons, les colonnes Russes qui auraient pris cette ville un an plus tôt, ce qui eût rendu la paix plus laborieuse ; j'étais rentré aux champs où j'ai l'intérêt dans le calme, lorsqu'on me donna pendant la guerre une légion de 10,000 hommes; j'avais donc l'espoir avec mes mobilisés d'être en ligne contre les Prussiens. Les rouges m'ont fait révoquer.

Aussi, je vous dis : empêchons le retour des uns et des autres.

[2] Elle devrait s'effacer comme la nôtre dans la nuit du 4 août. Et si la reine Victoria, qui aura de si belles pages dans l'histoire, refuse de marcher dans cette voie, participer à la nomination d'un président, qui joint à M. Thiers s'entendrait avec le général Grant pour nommer un commandant des forces de terre et de mer pour les trois peuples.

[3] C'est devenu possible, grâce à Guttemberg, sans que les citoyens perdent leur droit de souveraineté, avantage que la monarchie ne peut nous offrir. Sans entrer dans de longs détails, ce que j'ai fait dans de nombreux écrits fort peu lus à cause sans doute de mon peu de style, je dirai que l'on parle d'une loi qui donnerait au père seul le droit de voter: gardez-vous d'adopter ce tardif retour à la loi romaine; les hommes de 50 ans dont le père vit seraient écartés du scrutin, dont ne s'approcheraient jamais ceux qui sont destinés à mourir avant leur père. On n'y verrait qu'une loi d'exclusion comme celle du recul du vote à 25 ans, ce dont il faut se garder: l'horrible lutte que le peuple engagerait un jour serait en quelque sorte alors une lutte parricide dans laquelle sombrerait peut-être la famille, seule planche de salut des sociétés modernes émiettées par l'individualisme que le flot des révolutions emportera, si une main ferme ne continue l'œuvre de M. Thiers.

Surtout pas de cens électoral. Outre que l'on n'y pourrait voir aussi qu'une loi d'exclusion, l'argent est la cause de toutes nos bassesses, et avec l'officiel, il n'aura toujours que trop d'influence sur les électeurs dont le nombre sera malheureusement restreint, malgré qu'on le rende obligatoire, lorsque le père de famille, dont l'influence morale sera agrandie par ce fait, signera à la commune pour lui, sa femme, ses enfants, ses gendres et leurs enfants, à scrutin ouvert, une longue liste de mérite de citoyens. Ainsi, par le vote collectif, la famille, cette arche sainte qui n'est rien en politique, deviendra tout, comme le tiers-état est devenu tout suivant les paroles de Siéyès. Sans l'esprit de conciliation

qu'il faut ramener à tout prix, et le vote de famille
qui serait un puissant moyen, on nomme des royalistes
pour gouverner une République; alors les exaltés nom-
ment des insurgés pleins d'eux-mêmes, parce qu'ils
se disent républicains. Les honnêtes gens ayant peur
de se compromettre dans un tel monde, ne briguent
plus les fonctions électives; nous faisons comme notre
malicieux voiturier de Lodève, qui plaçait la nuit dans
le même compartiment des ennemis irréconciliables,
et les fermait à double tour.

4 Elle est, en dehors des partis, le terrain qui nous di-
vise le moins, suivant l'expression d'un homme illustre.

Ceux qui ont fait de la République le culte de leur
vie entière et souffert pour elle, savent que les bran-
ches monarchiques cassent dans les mains puissantes
de la démocratie, qui dédaigne et n'a nul besoin d'autre protection que celle de Dieu et de la loi, surtout
celle de cette armée de chefs plus ou moins fusionnés,
sans soldats, dont le patriotisme est même douteux,
mais désirant, comme tous les partis, émarger dans le
budget de 2 ou 3 milliards de la France Ils savent, per-
mettez-moi cette comparaison banale, que la Monarchie est à la République comme la commandite est à
l'anonyme. M. de Rotschild, lui-même, le plus fort
commanditaire du monde, ne mettrait pas ses œufs
dans le même panier pour faire la jonction des con-
tinents et des mers : le chemin de New-York à San-
Francisco; de Paris à Bombay, par Stamboul; celui
d'Alger au Sénégal, par Tomboctou; les chemins de fer,
tunnels, etc. Ces fardeaux sont trop lourds, comme la
monarchie, pour un seul.

M. Thiers, l'homme énergique qui est notre mandataire, titre que nous ne pouvons avoir l'outrecuidance
de donner au descendant de Louis XIV, doit en savoir
quelque chose; la noble tête de M. de Chambord serait écrasée par la responsabilité qui nous incombe à
tous, et non à notre mandataire, dans nos luttes effroya-
bles de ces jours,

Ses aïeux rendaient la justice sous un chêne ; et il nous faut 20 conseils de guerre, sans compter les conseils d'enquête de toute sorte pour juger les coupables. Ils auraient fait tomber la tête de ceux qui auraient commis le moindre acte de félonie, car c'est le plus grand des crimes, et aujourd'hui les princes veulent être rois, et ils le sont sans que, contrairement aux anciennes lois, leur fortune devienne propriété de l'État ! Nos officiers signent qu'ils ne se battront plus contre l'ennemi, et on leur conserve leurs grades, tant la discipline, cette force des armées, est relâchée ! Il faut pourtant que ces désordres et tant d'autres contre les lois divines et humaines cessent, si nous voulons pouvoir suivre le sage conseil de M. d'Audiffret: garder notre souveraineté qui nous a coûté tant de peine à conquérir, et ne pas revenir au gouvernement personnel qui nous a perdus. Lorsqu'on commande au nom de tous, on est plus fort que lorsqu'on commande au nom d'un seul, ce nom fût-il celui de Chambord. Cinq fois, de mémoire d'homme, la monarchie nous a mis à mal par sa faiblesse ; essayons loyalement de la République; je parle de cette République modérée qui vit du respect de la loi, que nous payons certes assez cher à Bismark, de celle des honnêtes gens, je ne dirai pas sans les républicains, mais à coup sûr sans les insurgés qui, semblables au geai qui se pare des plumes du paon, se disent tels, et sont ses plus mortels ennemis; ceux en qui réside l'esprit de révolte contre les lois, ceux contre lesquels sont et seront toujours faits tous les gouvernements dignes de ce nom ; ils inventeront toujours des noms nouveaux pour se rallier et flatter le peuple: modération est pour eux signe d'injustice, comme s'il y avait de la force sans modération. Le peuple, sur leurs inductions haineuses, dit : « ils sont riches, donc ils sont injustes ». Il faut pourtant que l'ouvrier sache que pendant qu'il dort les poings fermés, d'autres veillent et pensent, ce qui se traduit en actes utiles à tous. Ce simple écrit, si minime qu'il soit, occupera de milliers d'ouvriers aux métaux pour les caractères, les machines, le papier, etc...... Ce ne sont donc pas de méprisables oisifs, mais bien le prochain qu'il faut aimer comme soi-même, suivant l'Évangile, pour être heureux.

Cette République est la fille de la révolution que de nos jours la faiblesse inhérente à la monarchie avait rendue nécessaire; c'est vrai. mais de celle de 89, et non de celle de 93; de celle qui éclaire, et non de celle qui incendie comme la Commune. Je le disais en 49 à ceux qui criaient qu'enfants du peuple, ils voteraient avec le peuple et non pour un garde-mobile, auquel les hommes de la rue de Poitiers avaient fait donner du pain pour frapper ceux qui avaient faim. C'est ainsi qu'à des insultes que la plume se refuse à écrire on ajoutait l'outrage aux volontaires de la République, ces dignes émules de ceux de 92 : l'heure de la réparation a sonné. La monarchie avec toutes ses pompes n'est plus possible ; la France, qui plus que jamais a besoin d'ordre dans ses finances, peut se dispenser d'en faire les frais, la loi remplaçant le roi à leur grand avantage, celle du comte de Paris ne saurait être que semblable à celle d'Amédée en Espagne, une entrave. en supposant qu'il vienne à bout de Don Carlos ; en sera-t-il de même (malgré sa grande habileté et son courage qui semble héréditaire dans sa famille), des Espagnols amis de la République française auquel appartient l'avenir de ce pays pour lequel il ne sera jamais qu'un étranger?

Lafayette et Garibaldi tenant embrassés. le premier d'Orléans, le second Victor Emmanuel, vous disaient que c'était la meilleure des Républiques: je vous dis, avec M. Thiers, que la meilleure République c'est le livre du Christ joint à la progression des salaires, que j'ai vus doubler en peu d'années, à mesure que l'agriculture et l'industrie s'ouvrent de plus larges voies ; ces deux grandes coupes corollaires de la loi du progrès amèneront la pacification des esprits, à moins qu'il ne faille désespérer de l'humanité, et que le règne du sabre ne soit en quelque sorte une nécessité sociale, d'autant plus que l'homme irréligieux, comme l'hypocrite, s'il est pauvre, déverse l'envie, la jalousie, la haine sur tout ce qui l'entoure ; et s'il est riche, désire la mort de ses proches pour augmenter ses richesses.

Ceux qui pensent savent que sur vingt rois, dix-neuf sont pusillanimes; moins que d'autres, par les adulations qui les entourent, ils échappent à la règle commune. Ils savent que les institutions du passé sont caduques devant les besoins des sociétés modernes, qui vont toujours en grandissant. Si l'on donne un à un prince, il prend cent ; il est souvent une entrave, il fait des expéditions d'Espagne, du Mexique, où les Napoléons ont été perdre leur titre de chefs de la Démocratie.

Les Russes étaient bien plus habiles : pendant que notre gouvernement cherchait en quelque sorte à entamer la grande République américaine accomplissant au prix de la guerre civile un grand acte de civilisation, la suppression de l'esclavage, que par nos achats de matières premières nous avions puissamment contribué à enraciner dans ces pays, le czar leur donnait l'Amérique russe, comme nous la Louisiane à une autre époque, et s'en faisait une alliée au cas où, faisant notre devoir, nous aurions secouru nos frères du Nord, les Polonais, en pleine révolte. Toutes ces choses vont à l'encontre de l'union des puissances maritimes, dont on devrait mettre le groupe sur l'arc de triomphe de l'Étoile ; alors, au lieu de n'être que le comptoir de cette grande agglomération de peuples, la France en serait la sentinelle sur le continent. Croyez-vous que l'Espagne, l'Italie, les Franco-Slaves à travers la Hongrie, la Saxe, la Pologne, je n'écris ce mot qu'en tremblant, de l'Ukraine à la Courlande, ne désireraient pas faire parti de ce grand ensemble de peuples libres ? En vérité, la France est assez riche pour payer ses fautes, et M. de Bismark, l'homme de la monarchie par excellence, aura fait un mauvais marché avec nous, si nous sommes assez sages pour conserver la République. Les vaines tentatives et les manœuvres des prétendants impuissants à hériter d'elle sans félonie, si elle nous donne l'ordre, la consolident. Ovide écrivait du pays des Scythes que « vivre dans l'obscurité c'était être heureux »; et si ces prétendants savaient réussir, ils ne craindraient pas de se joindre à Bismark, comme autrefois à Blücher contre nous.

La France, comme la Pénélope antique, travaille et saura bien déjouer les calculs des prétendants; leurs promesses de self-gouvernement, comme l'enfer, qui est pavé de bonnes intentions, ont été et seront toujours vaines ; M. Thiers nous l'a affirmé. Les d'Orléans supplantant M. de Chambord dans le gouvernement de la France sont félons, et, je le répète, la félonie est et sera toujours le plus grand des crimes ; malheureusement ils ont l'esprit politique, et s'ils persuadent au pays que la loi est impuissante à le gouverner, ils s'empareront pour un certain temps de la place, dont ils font le siége, il faut le reconnaître, avec une grande habileté ; triomphe éphémère, car la monarchie ne peut de nos jours que creuser plus profondément le lit de l'anarchie: 1832, 1848 et 71, dans leur fatale progression, le démontrent.

La politique de paix à tout prix de Louis-Philippe ne sera jamais celle des Français qui souvent ont tout perdu, fors l'honneur, et qui, par les sacrifices incessants qu'ils ont faits sur les champs de bataille au profit des nations opprimées, ont conquis le titre de citoyens du monde; la France est vis-à-vis de la guerre comme l'homme doit être vis-à-vis de la mort: elle ne doit ni la désirer ni la craindre.

Washington voulait que l'on passât par les armes ceux qui lui conseilleraient de se faire roi, et nos royalistes veulent que d'Aumale dise ces paroles historiques: « Défendez-moi de mes amis, je me charge de mes ennemis. » Peuple, dis-les, toi, ces paroles; car je le jure, d'Aumale payerait cent mille francs (ce ne serait pas trop cher !) ceux qui se font un nom en te flattant, leurs caput-mortuum de la bourgeoisie, les mains débiles conduiraient la Société dans celle d'un ramassis d'aventuriers qui veulent faire de l'Internationale une secte. comme si les voies du Christianisme, qui sont celles du cœur, en les tenant grandement ouvertes, n'étaient pas assez larges ! Les mauvais ouvriers ne les redoutent guère, eux qui, avant 1871, ne parlaient mal que de la garde-mobile, comme aujourd'hui de l'armée, sachant que lorsqu'on leur a passé la main, leur règne a disparu. Je disais à un maire de Paris qui dénigrait la garde-mobile, qu'en d'autres temps, après avoir soulevé des pavés, certains étaient devenus maréchaux de France, tandis que les gardes-mobiles les avaient scellés de leur sang.

Qui veut la fin veut les moyens ; les royalistes, les bonapartistes, veulent une garde royale ou impériale. Ceux qui pensent que les institutions qui nous régissent peuvent seules aujourd'hui améliorer les lois et les rendre efficaces, reconstitueront la garde-mobile pour les défendre.

Ce n'est pas en un jour, comme on le crut un moment pendant l'insurrection de la Commune, que l'on constitue une troupe solide de volontaires d'élite, excitant non la jalousie mais l'émulation dans l'armée.

[5] En 1844, je comparais les lois aux barrages que l'homme construit sur les cours d'eau, pour des écluses qui viennent en aide à la navigation, pour se procurer de la force motrice ou pour arroser et empêcher ainsi l'eau d'aller à la mer sans avoir fécondé le sol. Si ces barrages sont trop élevés, ils occasionnent en amont des marais pestilentiels ou des ensablements si les cours d'eau sont rapides et torrentueux ; de même les mauvaises lois corrompent les générations dans leurs sentiments les plus intimes : telles sont les lois monarchiques. La République étant un gouvernement de vertu, les améliorera ; ainsi, les lois par trop fiscales amènent la contrebande avec son cortége de crimes, et l'habitude du mensonge devient préexistante. Citons un exemple: deux employés de la régie aperçoivent un débitant en-

trant chez lui un petit fût de liqueur; ils se disent: nous tenons le fraudeur. Ce dernier, sans se déconcerter, va fourrer son fût dans un berceau, et accueille ces messieurs en leur disant : N'éveillez pas mon enfant, et se met à bercer avec frénésie; inutiles recherches des employés à l'égard du fût introduit en fraude ; comment auraient-ils pu se douter que ce débitant berçait un fût de liqueur, au lieu d'un nouveau-né : rien n'est sacré!...

[6] Les criailleries des partis me rappellent la réception que l'on fit à la garde-mobile lors de son exil en Corse. A son passage à la Charité, elle fut obligée de marcher en quelque sorte sur le corps de forcenés qui entravaient sa marche en poussant des vociférations; on lui offrit néanmoins un banquet. Les orateurs blâmèrent sa conduite aux journées de juin ; on en venait aux mains, lorsque je proposai le toast à la fraternité des peuples. Les criailleries cessèrent ainsi que l'effusion du sang ; tout le monde choqua le verre ; en sera-t-il de même aujourd'hui que je fais appel à la trève de Bordeaux. Cependant, après nos désastres, l'union de tous les partis est plus nécessaire que jamais : ce n'est que par elle que nous pourrons les réparer; sans elle, non-seulement nous ne le pourrons pas, mais encore nos provinces, les unes après les autres, comme notre chère Alsace et notre chère Lorraine, deviendront la proie d'insolents voisins qui nous guettent et ne manqueront pas de profiter de nos divisions qui produisent toujours la faiblesse lorsque l'union produit la force.

Enfants du beau pays de France, ne jugeons pas: l'Évangile nous le défend ; pensons aux choses qui nous rapprochent, écartons celles qui nous divisent, et n'oublions pas que le pays ne peut être sauvé que par un pouvoir fort et respecté.

Je me résume en disant que si le peuple nommait, cet écrit n'aurait point paru. Le peuple, comme le dit d'Aumale dans l'*Étoile Belge*, à Junius, acclame toujours un nom connu à la chaumière, à l'atelier, à la ville;

mais vous, Messieurs, vous ne voudrez pas courir de nouvelles aventures en nommant un prince, ni surtout un rouge, pour second à M. Thiers. Avec le premier, nous reculerions jusqu'au cabinet du 1er mars, plus les années ; le second absorberait M. Thiers, ce qui serait une injustice encore plus grande que celle que l'on a commise envers la garde-mobile de 48.

Ces lignes seront sans portée, attendu qu'après le vote de famille le premier mot d'un garde-mobile serait *amnistie*.

Montpellier. — Typogr. Boehm et Fils.

M. le Président de l'Assemblée Nationale

Versailles.

(Signer, faire signer et jeter à la poste.)